SCARAMOUCHE

—

5° SÉRIE IN-12

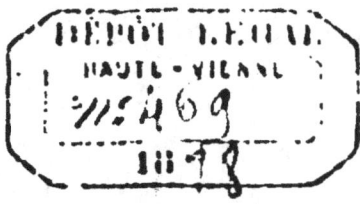

Mathieu et la Mauricaude.

Mᵐᵉ GUIZOT

SCARAMOUCHE

SUIVI

D'UN AUTRE ÉPISODE.

LIMOGES

EUGÈNE ARDANT ET Cⁱᵉ, ÉDITEURS.

SCARAMOUCHE

—◦◦◦◦—

Sur la grande place d'un village, un jour
de foire, venaient de s'établir, d'un côté
Polichinelle avec sa société ordinaire, la
mère Gigogne, le diable, le suisse et le
commissaire; de l'autre côté, Martin l'âne
savant, et Jacquot sans pareil, perroquet
de son métier. Mathieu-la-Bouteille (c'était
le surnom qu'on avait donné au conducteur
de l'âne, et que justifiait la rougeur de son
nez) tenait Martin par la bride, et portait
sur son épaule Jacquot sans pareil, attaché
par une chaîne à sa ceinture. Sa femme,
dite *la Mauricaude*, se chargeait d'appeler
le monde, et d'interroger Martin. Thomas,
fils de la Mauricaude, enfant de onze ans,
couvert de quelques haillons qui avaient été

un pantalon et une chemise, recueillait
dans ce qui lui restait d'un chapeau les
contributions volontaires des spectateurs, et
en arrière se tenait, triste et silencieux,
Gervais, jeune garçon de quatorze à quinze
ans, fils de Mathieu par un premier mariage.

« Venez, messieurs, venez, mesdames,
» criait la Mauricaude de sa voie enrouée,
» venez voir Martin; il vous dira, messieurs,
» mesdames, ce que vous savez et ce que
» vous ne savez pas. Venez, messieurs,
» mesdames, entendre Jacquot sans pareil;
» il vous répondra, messieurs, mesdames, à
» ce que vous lui direz et à ce que vous ne
» lui direz pas. » Et la même plaisanterie,
toujours répétée par la Mauricaude, toujours sur le même ton, lui attirait toujours à
peu près le même genre d'auditoire.

« Allons, Martin! » commença la Mauricaude aussitôt que le cercle fut formé, « di-
» tes à l'honorable compagnie quelle heure
» il est. » Martin, soit qu'il n'entendit pas
ou ne se souciât pas de répondre, demeura
immobile. La Mauricaude renouvela la
question; Martin secoua les oreilles. « Vous

» dites, Martin, que vous ne pouvez voir
» d'ici à l'horloge? reprit la Mauricaude.
» Quelqu'un aurait-il une montre? » Une
grosse montre sortit du gousset d'un fer-
mier, et fut mise sous les yeux de Martin,
qui parut la considérer attentivement.
Toute la compagnie, de même que Martin,
tendit le cou en redoublant d'attention. La
montre marquait midi ; après quelques instants de réflexion, Martin leva la tête, et fit
entendre trois vigoureux *hi hon*, auxquels
la compagnie répondit par un éclat de rire,
dont Martin ne parut nullement embarrassé.
«Ah! Martin, Martin, s'écrie la Mauricaude,
» je vois bien que vous pensez à trois heu-
» res, qui est l'heure de manger l'avoine. Il
» faut pourtant attendre. Mon fils, voudriez-
» vous, pour vous distraire, faire une partie
» de cartes? » Et un jeu de cartes presque
effacées à force de saleté, tiré d'un sac de
toile qui pendait au côté droit de la Mauricaude, fut aussitôt étalé au milieu du cercle, qui se resserra pour jouir de plus près
du spectacle qu'allaient offrir les talents de
Martin. « Allons, Martin, allons, mon gar-
» çon, reprit son instructeur, tirez, tirez

» d'abord un valet de cœur, que vous offrirez
» à l'honorable compagnie, en signification
» de votre attachement et de votre res-
» pect. » Et déjà les deux ou trois beaux
esprits de la bande secouaient la tête d'un air
d'approbation à cet ingénieux symbole,
lorsque Martin, après plusieurs injonctions,
avança son pied droit et le posa sur un sept
de pique.

Alors une voix de perroquet s'éleva au
milieu de l'assemblée, et fit entendre dis-
tinctement ces mots : « Ce n'est pas le Pé-
rou, mon ami ! » C'était Jacquot sans pareil, qui, ennuyé de n'avoir pas encore été
appelé à prendre part à la conversation, ré-
pétait une de ses phrases favorites. L'à-
propos de son discours ranima la bonne
humeur de la compagnie, que commen-
çaient à rebuter les balourdises de Martin,
et l'attention allait probablement tourner
vers Jacquot, lorsque la trompette de Polichinelle se faisant entendre, annonça que les
acteurs étaient prêts, et que le spectacle
allait s'ouvrir. A cet appel, l'auditoire de
Martin commença à se dissiper, les rangs
s'éclaircirent, et les restes du chapeau qu'on

vit s'avancer dans la main de Thomas achevèrent d'écarter ceux que retenait encore la
curiosité ou l'indifférence. Tout prit une
même direction, et Mathieu, Thomas, la
Mauricaude, Martin et Jacquot, suivirent
avec plus ou moins d'humeur la foule qui
s'éloignait d'eux. Gervais seul, s'écartant,
alla dans une rue adjacente offrir ses servi-
ces, pour le temps de la foire, à un maréchal occupé à ferrer les chevaux des voyageurs.

Un bien autre spectacle que celui dont
les pouvait régaler Martin attendait les cu-
rieux de l'autre côté de la place.

Un énorme dogue venait d'être dételé de
la petite voiture sur laquelle il avait amené
le théâtre et la troupe des marionnettes, et,
couché maintenant devant la baraque et aux
pieds de son maître, semblait prendre sous
sa garde ce qui venait de voyager sous sa
conduite. L'encolure de Médor annonçait
un serviteur utile et bien traité ; ses regards
vers son maître étaient ceux d'un ami confiant. Va-bon-train (ainsi se nommait le
propriétaire du théâtre des marionnettes) se
reconnaissait aisément pour un ancien sol-

dat. La régularité de ses mouvements
ajoutait singulièrement à l'effet de leur vi-
vacité; rien n'arrivait qu'à son tour, et rien
ne se faisait attendre. La précision de son
accent ne ressemblait point à la brusque-
rie ; et le ton de fermeté militaire qu'il asso-
ciait aux jongleries de son métier, leur conservait une espèce de dignité. Des mots, ti-
rés de différentes langues des pays qu'il avait
parcourus, se mêlaient avec un sérieux et
une facilité admirables au dialogue des per-
sonnages qu'il faisait mouvoir : les scènes
dont il avait été acteur ou témoin animaient
son imagination, et lui fournissaient des in-
cidents pour varier à l'infini ses représenta-
tions. Il avait pour compère son fils Michel,
joli garçon, de l'âge de Gervais, à qui il ressemblait beaucoup, quoique la figure de
l'un fût aussi sérieuse que celle de l'autre
était riante et animée.

Cette ressemblance n'avait rien d'éton-
nant, puisque Mathieu et Va-bon-train
étaient frères, et par conséquent Michel et
Gervais cousins germains. Va-bon-train,
que de son nom de baptême on appelait
Vincent, avait dû ce surnom moins encore

à l'égalité de ses mouvements qu'à la viva-
cité de son caractère et à la promptitude de
ses déterminations.

Ayant à vingt-cinq ans perdu sa femme,
qu'il aimait beaucoup, et qui était morte en
couches de Michel, incapable de supporter
deux jours de chagrin, il imagina, pour se
distraire, d'aller à la guerre, et partit en
qualité de remplaçant, laissant le prix de
son engagement à son fils, et son fils à la
femme de Mathieu, qui venait aussi de mettre au monde Gervais. Elle nourrit ensemble son neveu et son fils, les éleva avec une
égale tendresse, et dans de bonnes habitudes, car c'était une femme de bien : tous
deux allèrent à l'école, où ils apprirent à
lire, à écrire, et s'instruisirent de leur reli-
gion.

Tous deux commencèrent à travailler ensemble dans la boutique de Mathieu, qui
était maréchal-ferrant.

Tous deux enfin s'unirent d'une amitié
qui n'était pas moins vive chez le joyeux
Michel que chez le grave Gervais.

A treize ans Gervais eut le malheur de
perdre sa mère, et presque en même temps
de se séparer de Michel.

Vincent Va-bon-train, qui avait obtenu
son congé, était venu reprendre son fils
pour l'aider dans l'entreprise de marionnettes qu'il venait de former.

Bientôt après aussi les affaires de Mathieu commencèrent à se déranger : tant
que sa femme avait vécu, elle avait contenu
son goût pour la boisson ; dès qu'elle fut
morte, il s'y livra sans mesure. Il fit connaissance au cabaret avec la Mauricaude,
méchante et malhonnête femme, qui avait
fait toutes sortes de métiers ; il fut assez bête
pour l'épouser, et mangea avec elle le peu
qui lui restait, déjà fort diminué par le dé-
règlement de sa conduite. Alors elle lui per-
suada de quitter sa boutique et de courir le
pays avec son âne et son perroquet, l'assu-
rant qu'il y gagnerait beaucoup d'argent.
Cette vie vagabonde convenait mieux que
le travail aux nouvelles habitudes de Mathieu, et les assurances de sa femme lui
semblèrent d'autant mieux fondées, que
Va-bon-train venait de reparaître au pays
dans un état prospère, fruit du succès de
ses marionnettes.

Mathieu eut donc l'idée de s'associer à

son frère : celui-ci s'en souciait médiocre-
ment, la conduite de Mathieu ne lui inspi-
rait nulle confiance. Son second mariage lui
avait déplu, et il n'aimait pas la Mauricaude, quoiqu'il ne l'eût vue qu'en passant ;
mais un soldat n'est pas accoutumé à se
faire un embarras des petites difficultés, ni
un obstacle de ses répugnances ; d'ailleurs
Mathieu avait rendu service à Va-bon-train
en élevant Michel ; Va-bon-train était re-
connaissant et fut bien aise de le prouver.

La caravane se mit donc en route ; Michel enchanté de retrouver son cher Gervais, et Gervais triste de quitter la vie honnête et réglée qui lui plaisait, sa profession
de maréchal, où malgré la négligence de
son père à l'instruire, il commençait à être
assez habile ; mais un peu consolé par le
plaisir de voir du pays, celui de voyager
avec Michel, et la satisfaction de s'éloigner
d'un lieu où l'inconduite de son père achevait de détruire la bonne réputation dont
avait joui sa famille.

Malheureusement ce qui avait perdu la
réputation de Mathieu le suivait partout.

La semaine n'était pas encore finie que les
deux ménages furent brouillés. La méchan-
ceté de la Mauricaude, les indignes pen-
chants de son fils Thomas, qui aimait toujours mieux voler une chose que de la recevoir, furent bientôt démontrés à Va-bon-
train, de manière à lui faire prendre le parti
de rompre aussi facilement qu'il avait pris
celui de conclure ; et lorsqu'il eut dit à son
frère : « il faut nous séparer, » comme lorsqu'il lui avait dit : « nous irons ensemble, »
la chose fut finie sans qu'il y eût à en revenir. Michel n'eut pas plus qu'un autre l'idée
de s'opposer aux résolutions de son père ;
il se jeta en pleurant dans les bras de Gervais. Celui-ci lui serra la main, triste mais
résigné, et soulagé du moins de n'avoir plus
son oncle pour témoin des honteuses habitudes de sa famille.

La Mauricaude, furieuse, déclara qu'on ne
se débarrasserait pas d'elle si facilement, et
résolut de suivre son beau-frère, malgré lui,
pour profiter de la foule qu'il attirait toujours, et pour tâcher en même temps de lui
faire tort, soit en le décriant de tout son
pouvoir, soit en s'efforçant de troubler son

spectacle par les cris du perroquet, qu'elle avait instruit à répéter des mots d'insulte, et à contrefaire la voix des marionnettes. Depuis deux mois elle persistait dans sa résolution, malgré les remontrances de Mathieu, remontrances fort accoutumées à demeurer sans effet.

Dans les commencements, Va-bon-train s'était ennuyé de ces plaisanteries; puis comme il faisait toujours, il en avait pris son parti. Seulement un jour il dit à son frère : « Ecoute, Mathieu, les chemins sont libres ; mais prends garde que je n'entende pas dire que tu aies laissé penser à personne que cette crapaude-là a l'insolence de s'appeler ma sœur. » En disant cela, il montrait à la Mauricaude le grand fouet dont il touchait légèrement Médor, pour le préserver des distractions, et dont le manche avait plus d'une fois averti Michel de quelques fautes de discipline.

Depuis ce jour, Gervais ne salua plus son oncle, de peur de l'offenser ; et la Mauricaude, malgré son impudence, ne se hasarda pas à le braver en face. Elle n'eût pas d'ailleurs facilement réussi à lui embau-

cher ses spectateurs. Qui pouvait entrer en
lutte avec « le grand, le merveilleux, *il vero*
» *Scaramuccia,* messieurs, venu de Naples
» en droiture (1), pour vous présenter, *lus-*
» *trissimi,* les hommages de ses confrères
» les *lazzaroni? Baccià vu* la main, *monsù*
» de Scaramouche. » Et la tête de Scaramouche s'inclinait, sa main se portait à sa
bouche avec une suite de mouvements ca-
pables de faire oublier les fils qui les diri-
geaient : « Regardez, messieurs, regardez
» Scaramouche, regardez-le de face; c'est
» Scaramouche tout court, il n'a pas le sou,
» pas la *pezella,* messieurs ; mais qu'il est
» joyeux! Voyez-le, sa bouche épanouie
» jusqu'aux oreilles, le pied en l'air, tout
» prêt à courir ou à sauter; mais un tour de
» main, messieurs, un seul tour de roue de
» fortune, et le voilà de trois quarts. Comme
» il a l'air soucieux, fâché! c'est le *signor*
» Scaramouche ; il est devenu riche, il
» compte son argent dans sa main, il en
» compte, et puis il en compte encore, et
» toujours plus chagrin. Eh! maintenant,

(1) Les marionnettes d'Italie sont faites avec une
perfection dont n'approchent pas les nôtres.

» que lui arrive-t-il donc? Il s'est tourné de
» profil. Oh ! la piteuse figure ! Il pleure, il
» veut arracher son bonnet. *Povero Scara-*
» *muccia !* quoi *presso'l danaro !* On t'a pris
» ton argent. Allons, Scaramouche, *fà cuore,*
» un peu de courage. *No!... ammazarti ?*
» Comment, tu veux te tuer? Eh bien ! au-
» paravant, un peu *di macaroni.* Ah ! oui,
» *poverelo !* mangera *bené il macaroni !*
» Voyez, messieurs, comme il étend piteu-
» sement la main, comme il mange la larme
» à l'œil; mais *pian piano, Scaramuccia,*
» doucement, *vuoi* donc *mangiare tutto?*
» Hélas ! oui, *tutto mangiare,* tout, *per mo-*
» *rire !* mourir d'indigestion ? Tu badines,
» Scaramouche, jamais le macaroni n'a tué
» un *lazzarone.* Tenez, le voilà qui se rani-
» me : comme il retire la jambe, en signe
» de plaisir ! comme ses yeux se tournent
» chaque fois qu'il ouvre la bouche pour y
» introduire *una copiosa* pincée *di macaroni !*
» *O che gusto ! che boccone!* Tranquillisez-
» vous, messieurs, voilà Scaramouche res-
» suscité. » Des scènes se succédaient,
montrant Scaramouche sous de nombreux
aspects plus admirables les uns que les au-

tres. La dernière fut celle où l'Allemand en
faction arrêtait Scaramouche, en lui criant :
Wer da ? Celui-ci répondait en italien, tâ-
chant vainement de se faire entendre, et
d'éviter à force de souplesse la terrible
baïonnette de l'Allemand. Polichinelle arrivait pour raisonner inutilement en français.
Enfin le diable emportait l'Allemand, et Polichinelle allait boire bouteille avec Scaramouche. La beauté de l'invention enleva
tous les suffrages, les politiques de l'endroit
se jetèrent un coup d'œil mystérieux ; et
quand Scaramouche promena autour de
l'assemblée la petite soucoupe qu'on lui
avait mise entre les deux mains, il n'y eut
personne qui ne s'empressât de donner son
sou, son liard ou son centime pour avoir
un salut ou un signe de tête de Scaramouche.

La foule se dispersait lentement, s'en-
tretenant du plaisir qu'elle venait de goûter.

— Il me scie le dos son Scaramouche, disait en murmurant la Mauricaude.

— Je vous ai bien dit, ma femme, repre-
nait son mari, qu'en vous obstinant à les
suivre...

— Je vous ai bien dit, mon mari, que vous étiez une bête.

Telle fut la réponse de la Mauricaude : elle parut sans réplique à Mathieu, et Thomas, à qui sa mère jeta un coup d'œil, s'en alla tourner autour de Médor, qui le reçut poliment et d'un air de connaissance. Vabon-train le vit, fit claquer son grand fouet, et Thomas se sauva.

Gervais passa sur la place, tenant un cheval qu'il venait d'aider à ferrer, et qu'il reconduisait à son maître. Il ne s'approcha pas; mais Médor le vit de loin, se leva, remua la queue, fit entendre un petit gémissement, moitié de plaisir de voir Gervais, moitié de chagrin de ne pouvoir aller avec lui. Gervais lui fit un signe d'amitié. Michel baisa de tout son cœur la grosse tête de Médor, et l'on crut voir un sourire éclaircir la figure de Gervais à cette expression de la tendresse de Michel. Il ne leur était pas permis de se communiquer autrement.

Parmi beaucoup de bonnes qualités, Vabon-train avait un défaut, c'était de se prévenir sur-le-champ pour avoir plus tôt fait, et, quand il était prévenu, de ne pas

vouloir qu'on le fît revenir, parce que cela
prenait trop de temps de changer d'avis.

La violence qu'il avait faite pendant huit
jours à son caractère, en supportant la Mauricaude, avait tellement augmenté sa prévention qu'elle s'était étendue sur toute la famille.
La Mauricaude était une diablesse, Mathieu
un imbécile, Thomas un petit coquin, et
Gervais un sournois. Ces quatre jugements
une fois prouoncés, il n'y avait pas à répli-
quer.

Va-bon-train aimait beaucoup son fils,
dont le caractère s'accordait parfaitement
avec le sien ; mais il le tenait à la militaire,
dans une obéissance prompte et ponctuelle,
sachant très-bien que la vie qu'il lui faisait
mener pouvait, si l'on n'y prenait garde,
conduire un jeune homme à l'habitude du
vagabondage.

Heureusement Michel était bien né, bien
élevé, et ne se plaisait avec personne autant qu'avec son père, qui l'amusait du récit
de mille choses. Il mettait d'ailleurs son
amour-propre à le seconder, et n'était jamais si content que quand il avait contribué au succès de la journée. Va-bon-train

ne bornait pas son industrie à ses marionnettes; il profitait de continuels voyages
pour faire un petit commerce, achetant
dans un canton les marchandises qui s'y
vendaient bon marché, pour les revendre
dans un autre où elles avaient plus de va-
leur. Il instruisait ainsi Michel à acheter et
revendre, à trouver de bonnes affaires; et
cette vie, toujours occupée d'une manière
utile, aurait rendu Michel parfaitement heureux, sans le chagrin de ne la pouvoir partager avec Gervris. Mais, lorsqu'après avoir
couché dans la meilleure auberge de la ville
ou du village dans lequel ils se trouvaient,
Michel voyait le matin Gervais pâle d'une
nuit froide ou pluvieuse passée sous un
mauvais hangar, son cœur se serrait, et,
malgré les ordres de son père, il trouvait
moyen de s'écarter, la bouteille d'osier à la
main, pour offrir un verre de vin à Gervais,
qui le refusait d'un signe de tête, mais avec
une expression amicale. Michel soupirait, et
cependant son affection pour Gervais en
augmentait, car il savait bien qu'il ne refusait pas par orgueil ou par rancune, mais
par honnêteté. Il ne se sentait soulagé que

quand Gervais avait trouvé de l'ouvrage ;
alors il était sûr pour lui d'une bonne journée. Au lieu de la tristesse qui couvrait habituellement son visage, Gervais, au travail, avait un air animé qui faisait plaisir à voir.

Va-bon-train lui-même n'avait pu s'empêcher, une fois ou deux, de s'arrêter à le regarder ; et, remarquant l'adresse et la hardiesse avec lesquelles il maniait les chevaux, il avait dit :

— Ce luron-là va bien.

Alors Michel s'était hâté de répondre :

— Oh ! Gervais est un si bon ouvrier ! et il commençait à y ajouter : et un si bon garçon ! mais Va-bon-train passait son chemin et parlait d'autre chose.

Michel alors se contentait de rester un peu en arrière à regarder travailler Gervais ; et lorsque tous deux avaient échangé un regard, ils se séparaient contents.

Gervais avait inutilement cherché jusqu'alors quelque maître qui voulût le prendre pour ouvrier. Personne ne répondait de lui, et le cortége dont il arrivait accompagné n'était pas propre à le recommander :

mais, du moins, tirait-il autant qu'il le pouvait de sa vie errante l'avantage de se per-
fectionner dans son métier, ne perdant aucune occasion de s'instruire, d'examiner
avec soin les traitements affectés aux ma-
ladies des animaux, et tous les procédés de
l'art vétérinaire. Il trouvait aussi moyen de
vivre sur ses gains journaliers, qu'il ména-
geait avec une extrême frugalité, évitant
par là de prendre part aux repas toujours
mal gagués de la Mauricaude et de son fils :
quelquefois même il partagea les siens avec
son père, dont la misérable vie se passait
entre la satiété et le jeûne ; ivre dès qu'il
avait de quoi boire, et le lendemain sans pain.
L'avantage que l'on trouvait à avoir Mathieu pour soigner et garder l'âne et le perroquet, tandis que la Mauricaude et son fils
vaquaient à leurs affaires, engageait cependant à le ménager jusqu'à un certain point,
du moins en lui faisant une part dans les
profits dont on avait eu encore le soin de
lui cacher la source ; car Mathieu, dans son
abrutissement, conservait un instinct de
probité qui lui faisait dire quelquefois, d'un
air significatif, mais seulement quand il était

ivre : « Pour moi, je suis un honnête homme. » Dans son bon sens, Mathieu n'avait
pas tant d'esprit.

Plusieurs fois, la Mauricaude avait voulu
tirer de Gervais l'argent qu'il gagnait ; mais
il avait fermement résisté à ses demandes,
et avait eu soin ensuite de ne pas le laisser
à sa portée ni à celle de son fils. Elle avait
cherché à lui faire des querelles avec son
père ; mais Mathieu respectait son fils, et la
Mauricaude s'aperçut qu'elle avait intérêt à
ne pas trop exciter l'attention de Gervais,
dont la surveillance lui aurait été fort in-
commode : elle finit donc par le laisser assez
tranquille, ce qui venait peut-être aussi de
ce qu'elle ne le voyait presque pas, Gervais
quitant ordinairement la troupe dès le matin, et ne la rejoignant qu'à l'heure de la
couchée, qui avait rarement lieu sous un
toit, à moins que ce ne fût celui de quelque
masure abandonnée.

Les spectacles de la matinée étaient finis,
et Va-bon-train causait sur la porte de l'auberge où il avait dîné, avec un de ses amis,
maréchal à Lyon. Ils étaient alors à vingt-
cinq lieues de cette ville, sur la route de

Tournon, où le maréchal se rendait pour quelques affaires de famille.

Blanchet, ainsi se nommait le maréchal, était habile et bien établi; le maréchal du village où ils se trouvaient avait été son ouvrier et son élève, il s'était arrêté pour le voir en passant, et allait repartir. La forge était à quelques pas de l'auberge; Gervais, qui venait de la quitter au jour tombant, passa devant l'endroit où causaient Va-bon-train et Blanchet. La rue était étroite, et, de plus, embarrassée par un cheval attaché en face de l'auberge. Va-bon-train, tourné du côté où arrivait Gervais, le vit venir et se rangea pour le laisser passer. Gervais rougit, hésita; depuis deux mois il ne s'était pas trouvé si près de son oncle; enfin il passa sans lever les yeux en le saluant comme quelqu'un d'inconnu, mais de l'air du plus profond respect. Les larmes vinrent aux yeux de Michel, et ceux de Va-bon-train suivirent un instant son neveu, qui se retourna, et rencontrant les regards de son oncle, se hâta de détourner les siens et de continuer sa route.

— Est-ce que tu connais ce garçon-là?

— Pourquoi?

— C'est que là, tout-à-l'heure, à la forge, on a parlé de toi.

— Et qu'est-ce qu'il a dit? reprit Va-bon-train d'un air où le mécontentement commençait à se faire sentir.

— Lui? rien. Mais comme un forain racontait je ne sais quoi d'une femme avec qui il a bu hier à deux lieues d'ici, et qui lui avait dit que tu laissais ton frère dans le malheur, ce garçon lui a tout de suite tapé: *Camarade, ce n'est pas ton affaire, il est toujours plus sage de ne pas se mêler des familles.* L'autre est resté sot; et moi, à qui cela apprenait que tu étais ici, car je n'avais pas encore été sur la place, j'ai voulu dire mon mot, et j'ai assuré que si tu laissais ton frère dans le malheur, apparemment qu'il le méritait, parce que je connaissais ton bon cœur. Voilà-t-il pas que sur ce temps-là le gamin m'a donné aussi mon compte, poliment, quoique ça, car il m'a dit: *Quoique ça, maître Blanchet, il vaut mieux ne pas se mêler des familles.* Et il avait bien raison; mais là-dessus j'ai cru qu'il te connaissait, surtout quand je l'ai vu tout-à-l'heure en passant entrer dans la cour de l'auberge et tirer de l'eau pour donner à boire à ton chien.

Va-bon-train était visiblement touché. Michel, dont le cœur battait avec violence dans sa poitrine, regardait son père.

—Il travaillait là chez le maréchal? demanda celui-ci d'une voix un peu émue.

— Oui, et ferme, je te le promets. C'est fâcheux que tu ne le connaisses pas. Il voulait bien là-bas qu'on le prît pour compagnon ; mais quand on lui a demandé qui est-ce qui répondait de lui, il a dit : *Personne*. Sans cela je l'aurais pris, moi, car je dis que ce sera un fameux ouvrier.

— Tu le crois ?

— Ah ! il faut voir comme il s'y prend. Il en saurait plus avec moi en six mois, qu'avec un autre en trois ans. Mais on ne peut pas prendre ça sans répondant. Je l'ai entendu dire à un compagnon que c'était la troisième condition qu'il manquait comme ça, et il n'en trouvera pas.

— Ah ! mon Dieu ! s'écria Michel, qui ne pouvait plus se contenir.

— Eh bien ! quoi ? reprit Va-bon-train. le

compère Blanchet le prendra bien sur ma
recommandation ; prends-le, compère, je le
connais, et je t'en réponds.

— Bah ! et que disais-tu donc ?

— Moi, rien du tout ; si ce n'est que je
te verrai à Lyon, où tu retournes quand ?

— J'y serai de lundi en huit.

— Moi aussi ; j'irai te demander la soupe.
Nous arrangerons cela en buvant un coup.
Mais tu le prendras au moins, si je t'en réponds ; ne vas pas me faire manquer à ma
parole.

— Non, c'est une affaire dite : à lundi en
huit.

Et ils se séparèrent.

— Mais il faut que Gervais en soit instruit, dit Michel tremblant de joie.

— Va et reviens ; qu'il soit à Lyon de
undi en huit, s'il le peut, et surtout que la
Crapaude n'en sache rien. C'était le nom
qu'il donnait d'ordinaire à la Mauricaude.
Michel partit, et Va-bon-train se rendit
dans un cabaret voisin où il avait vu entrer
Mathieu et sa bande. Le prix d'une paire de
bas de cinquante sous, volée sur une boutique de la foire, et vendue vingt sous le quart

d'heure d'après, avait servi à la défrayer, et
grâce au bon marché du vin cette année-là,
Mathieu achevait de s'enivrer quand Va-
bon-train arriva et lui dit :

— Mathieu, il n'y a qu'un mot qui serve,
il faut que tu aies soin de t'en aller d'un
côté quand j'irai de l'autre, ou bien, tous
les matins, ta crapaude et ton crapoussin
recevront, pour leur déjeuner, chacun une
râclée de mon fouet que voilà.

— Pour moi, Vincent, je suis un honnête
homme, dit en bégayant Mathieu. La Mauricaude voulut commencer à crier; le cabaretier prit fait et cause pour sa pratique.

— Camarade, dit Va-bon-train, quand
vous réglerez vos comptes avec cette com-
mère-là, je ne m'en mêlerai pas; mais regardez bien toujours aux pièces qu'elle
vous donnera ; et il sortit.

Dès qu'il fut hors de la porte, la Mauricaude l'accabla d'injures. Ceux de ses voi-
sins dont le vin commençait à épanouir le
cœur et à troubler la vue convinrent d'un
commun accord qu'il n'était pas permis de
venir insulter comme cela d'honnêtes gens
qui buvaient un coup tranquillement sans

faire de mal à personne ; et Mathieu répéta:
« Pour moi, je suis un honnête homme. »
Les autres, en regardant la Mauricaude et
son fils, firent quelques réflexions sur le
discours de Va-bon-train, et le cabaretier
jugea à propos de demander son paiement,
ce qui acheva de mettre la Mauricaude de
mauvaise humeur.

Pour Michel, il avait atteint Gervais et
fait son message. Une rougeur subite de
joie et de surprise couvrit la figure de Gervais en apprenant que son oncle voulait
bien répondre de lui; et quand la voix de
Va-bon-train se fit entendre appelant Michel, les deux amis se serrèrent la main et
se séparèrent, emportant chacun de son
côté la pensée d'un bonheur qui devait commencer par tous deux.

Tout était tranquille dans l'auberge où
couchait Va-bon-train avec son bagage,
lorsqu'en se réveillant de son premier sommeil il crut entendre dans la cour Médor
gémir et se tourmenter. Il descendit et fut
étonné de le trouver attaché par une corde
à un arbre voisin de la voiture, et si court
qu'il ne pouvait pas remuer. Il avait coutu-

me de lui laisser sa liberté la nuit, bien sûr
que Médor n'en userait que pour défendre
plus efficacement le bien de son maître. Il
pensa que quelqu'un de l'auberge avait cru
rendre service en attachant Médor de peur
qu'il ne s'enfuît, et dans l'obscurité de la
nuit ne s'aperçut pas que l'autre bout de la
corde qui le tenait attaché à l'arbre était
passé autour de son museau de manière à
lui former une espèce de muselière. Empressé de délivrer le pauvre Médor, il coupa
la corde assujétie autour de son cou par un
nœud coulant, qui, sans son collier, l'aurait
étranglé. La corde coupée, le nœud se lâ-
cha, et Médor, avec les pattes de devant,
fut bientôt débarrassé de ses ignobles en-
traves. Mais aussitôt il se mit à flairer avec
avidité et en gémissant tout autour de la
cour, puis se jeta contre la porte de l'écurie,
comme s'il eût voulu l'enfoncer. Son maître, étonné, la lui ouvrit, s'imaginant, d'a-
près ce qu'il connaissait de l'instinct de Médor, que quelqu'un de suspect pouvait s'y
être caché ; mais Médor se contenta de traverser l'écurie en flairant, et s'alla jeter de
même contre l'autre porte qui donnait dans

la rue et formait, à travers cette écurie,
une des entrées de l'auberge. Son maître le
rappela, il revint avec peine et en gémissant, se coucha à ses pieds comme pour sol-
liciter une grâce, puis courut à la voiture,
puis revint s'élancer encore plus fort contre
la première porte, que son maître avait re-
fermée.

Etonné de ce manége, Va-bon-train vi-
site sa voiture ; tout est en ordre, le coffre
bien fermé à clef, rien ne paraît justifier
l'agitation de Médor. Alors présumant que
Médor, qui malgré son bon sens, était comme tous les chiens et tous les enfants, toujours pressé de partir, a été pris de cette
fantaisie un peu plus matin qu'à l'ordinaire,
il le renvoie d'un grand coup de fouet
auprès de la voiture et remonte se coucher.

Le lendemain matin, il descend, appelle Médor, Médor ne répond point ; il le cherche et
ne le trouve point ; il se souvient de ce qui
s'est passé la nuit, et craint que quelqu'un
ne se soit emparé de Médor.

—Y était-il encore, demanda un des
voyageurs, quand vous êtes descendu cette

nuit prendre quelque chose dans votre voiture?

Va-bon-train déclare qu'il n'a rien pris dans sa voiture.

— Il faisait un chaud du diable, reprend l'autre, nous avions la fenêtre ouverte ; un des forains qui couchait dans la chambre a dit : « Voilà qu'on touche à la boîte du joueur de marionnettes. Moi j'ai dit : Son chien ne grouille pas, ainsi il faut que ce soit lui ; camarade, laissez-nous dormir. »

Va-bon-train court à sa boîte, toujours fermée à clef, il l'ouvre, y trouve tout en désordre ; Scaramouche a disparu, ainsi qu'une douzaine de mouchoirs de Madras, restes d'une pacotille que Va-bon-train avait achetée à la foire de Beaucaire, et dont la plus grande partie avait été débitée en route. Qui peut avoir fait ce coup ? Va-bon-train se rappelle une clef qu'il a trouvée sur le grand chemin peu de jours après son association avec Mathieu, et qui allait à son coffre. Il l'a reperdue le lendemain et ne s'en est pas inquiété ; maintenant il songe en quelles mains elle peut être tombée. Il pense que Médor ne se sera certainement

pas laissé approcher et emmener que par
quelqu'un de sa connaissance.

— Ce garçon qui a travaillé ici à côté chez
le maréchal, dit le maître de l'auberge,
n'est-il pas entré ici pour lui donner à
boire ?

— Celui qui est arrivé avec la femme et
l'âne, dit la maîtresse ; il a l'air bon garçon.

— C'est vous qui le dites, reprit une voisine. Quand je l'ai vu entrer là dans l'écurie, qu'il faisait déjà nuit, j'ai dit à Cateau :
Qu'est-ce qu'il va donc faire là, ce petit *va-
gabond ?*

— Gervais, s'écria Michel.

— Oui, dit le maître de l'auberge, c'est
Gervais qu'il se faisait appeler chez le maréchal.

Le rouge de la colère était monté au visage de Va-bon-train. L'idée de se voir dupe
se joignait au sentiment de sa perte, et il
jurait qu'on ne le prendrait plus à revenir
d'une prévention. Un esprit moins prompt
aurait examiné si l'aubergiste et la voisine
ne parlaient pas de deux personnes différé-
rentes, si les soupçons ne devaient pas por-

ter plus naturellement sur Thomas et la
Mauricaude. Mais la voisine, dont les explications auraient pu éclaircir le fait, était re-
tournée à son ménage, et, parmi .ceux qui
restaient, personne ne les avait vus ou du
moins n'en convenait ; car, à moins de quelque mensonge pour compliquer le nœud de
l'affaire, il est rare que la vérité ne sorte,
tant elle est pressée de se montrer au jour.

La Mauricaude, qui n'était jamais si per-
suasive que quand elle avait bu, avait fait
connaissance au cabaret avec un valet d'é-
curie de l'auberge, qui, de son côté, quand
il avait bu, était très-facile à persuader.
Elle en avait obtenu dans l'écurie une place
gratuite pour Martin, et, ce qui était une
contravention formelle aux ordres du maître, un coin pour Thomas. De là, muni de
quelques reliefs du souper des voyageurs,
Thomas put aisément entrer dans la cour et
attirer dans le piége le trop confiant Médor,
incapable de soupçonner une trahison
d'une main connue. Au moment où Médor,
sans quitter son poste, levait la tête pour
flairer ce qu'il lui présentait, il lui passa la
muselière et le nœud coulant, et Médor se

trouva garrotté à l'arbre avant d'avoir pu
tenter un effort, qui aurait facilement triom-
phé de son adversaire. Alors, maître du
champ de bataille, Thomas exécuta à l'aise
son projet, au moyen de la clef qu'à tout
hasard il avait dérobée dès qu'il l'avait pu.
Martin, tiré de l'écurie avant le jour, em-
porta le butin, et le ciel commençait à peine
à s'éclaircir quand Mathieu, tiré du parfait
repos que lui avait procuré l'ivresse, quitta,
sans bien savoir encore ce qu'il faisait, l'ar-
che du pont sous laquelle il avait couché
dans le lit d'un torrent desséché.

Gervais avait obtenu du maréchal chez
lequel il avait travaillé la permission de
passer la nuit dans son bûcher sur un tas de
sarments. En sortant d'un sommeil que pour
la première fois, depuis deux mois, avait ra-
fraîchi l'espérance, il se leva joyeux et empressé de se rendre à sa nouvelle destina-
tion. Il avait, la veille au soir, prévenu son
père que le lendemain il se séparerait de
lui pour aller chercher quelque part de l'ouvrage; et Mathieu, dont les sentiments pa-
ternels prenaient beaucoup de force à la fin
de la seconde bouteille, lui avait dit en pleu-

rant : « Va, mon fils, gagne ta vie en honnête homme ; car pour moi, Gervais, tu
peux dire partout que je suis un honnête homme. » Quant à la Mauricaude, elle s'embarrassait peu de lui, et il ne se souciait guère
qu'elle s'en embarrassât. Son caractère sérieux et réservé avait coupé court entre eux
à des relations qui n'auraient pu être amicales.

Il marchait le cœur léger, prenant la direction de Lyon, et comptant, pour y arriver, sur un peu de travail et beaucoup de
frugalité pendant la route ; car en couchant
sous les hangars, sous les ponts, ou même
sous les arbres, les vingt et un sous qu'il
emportait, fruit de sa journée de la veille et
de ses économies précédentes, ne pouvaient
suffire à la nourriture d'un garçon de quinze
ans pendant les dix jours qui devaient s'é-
couler avant ce bienheureux lundi où l'attendait la protection de son oncle et de
maître Blanchet. Mais comment Gervais se
serait-il inquiété des moyens d'y arriver?
son imagination y était déjà. Il allait donc
vivre avec des gens auxquels il pourrait
chaque jour, à toute heure, se faire reconnaître pour un honnête garçon ; il allait être

admis à prouver ses droits à l'estime, besoin bien vif quand, ainsi que Gervais, on a
connu l'humiliation sans la mériter ni s'en
laisser abattre. Et puis que de jouissances !
Cette paire de souliers que Gervais raccro-
chait si soigneusement au bout de son bâton dès qu'il avait quelque route à faire,
pourrait bientôt ne plus quitter ses pieds ;
car Gervais entrevoyait le temps où il serait
en état d'en acheter d'autres. Il fallait cependant lâcher qu'ils allassent jusqu'à ce
que Gervais eût fait l'emplette d'une chemise, afin de n'être plus obligé de se passer
de la sienne, comme il lui arrivait, lorsque
le soir, dans quelqu'endroit écarté, il la la-
vait dans le ruisseau, et la faisait sécher
sur l'herbe du rivage. L'idée de posséder
une paire de bas se présentait dans le loin-
tain à son imagination, autour de laquelle se
pressaient en perspective les inépuisables
joies de la vie ; ensuite arrivaient les pensées d'un bonheur plus sérieux, et toutes
les ambitions d'un honnête homme. Gervais
parvenait à s'établir, à travailler pour son
compte, à retirer son père de la misérable
vie que lui faisait mener son infâme compa-

gne, à lui assurer une vieillesse tranquille,
due à son fils, qui l'aimait malgré ses fai-
blesses. Alors, se précipitant à travers les
années, Gervais hâtait le pas comme pour
atteindre l'avenir, et son cœur s'échauffait
en même temps que le soleil s'élevait et
brillait sur tout l'horizon.

Tandis qu'il s'abandonnait à ses rêveries,
il sent quelque chose de frais et d'humide
s'appuyer sur sa main. C'était le museau de
Médor, qui, après lui avoir léché la main,
l'avoir regardé en remuant la queue, mais
d'un air qui semblait lui faire une question,
et l'avoir flairé des pieds à la tête, continue
sa route, le nez en l'air, en flairant toujours,
avec la même anxiété. Gervais le rappelle;
Médor s'arrête, le regarde d'un œil inquiet,
puis se remet en marche de la même manière. Il est clair qu'il cherche quelque
chose; mais ignorant les événements de la
nuit, Gervais ne saurait deviner ce que c'est.
Il pense que, séparés par quelque accident,
Médor et son maître sont en quête l'un de
l'autre, et dans cette idée il ne peut suppo-
ser que Va-bon-train soit encore à l'auberge, où certainement Médor serait retourné·

il lui paraît donc que le plus sûr est de laisser Médor à son instinct, se contentant de le suivre pour l'empêcher de s'égarer et le préserver du danger d'être pris ou tué comme un chien sans aveu. Il se félicite de cette occasion de rendre service à son oncle, et commence à donner à manger à Médor, qu'il suppose à jeun, une partie du pain qu'il avait acheté pour sa journée, et que Médor dévore avec autant d'appétit que peut le permettre son agitation. Ils continuent ensuite à faire route ensemble, Médor marchant toujours devant, excepté lorsque de temps en temps une nouvelle pensée semble le saisir; alors il prend sa course pour retourner sur ses pas, puis s'arrête en gémissant, combattu entre l'instinct et le sentiment qui le pousse vers son maître, et celui qui l'entraîne à la piste des objets dont la garde avait été commise à sa fidélité. Gervais alors le rappelle, et, décidé par la voix de son ami, il revient et reprend sa poursuite.

Ils voyageaient de cette manière depuis environ deux heures, lorsque tout d'un coup, à un endroit où le chemin un peu

creux tournait de manière à ce que Gervais
ne doute pas qu'il n'ait senti son maître.
Alors, doublant le pas, il s'avance aussi,
combattu entre la crainte et l'espérance, et
se trouve fort désagréablement surpris,
lorsqu'au détour de la route il aperçoit son
père, la Mauricaude, l'âne et Thomas, dans
le plus grand embarras, se débattant contre
Médor, qui, sans mauvais traitements et
avec tous les égards dus à une ancienne connaissance, s'était tellement emparé de Thomas, que celui-ci ne pouvait plus se dépé-
trer de ses énormes pattes. Etablies sur les
épaules du petit garçon, elles servaient de
point d'appui à Médor, qui, le flairant et le
fouillant partout de son museau, était par-
venu à un sac de vieille tapisserie doublé de
peau et placé sur le dos de l'âne, mais dont
malheureusement pour lui Thomas avait les
cordes passées autour de son bras : les
dents de Médor s'exerçaient et contre
les cordons et contre le sac, qu'il essayait
d'ouvrir, ébranlant à chaque secousse le
désespéré Thomas, qui poussait des cris de
terreur et s'accrochait tant qu'il pouvait au
bât de Martin. « A qui en a donc ce chien ? »

disait tranquillement Mathieu, paisible témoin de ce spectacle, qui avait pour lui le
mérite de le tirer de son apathie. Mais la
Mauricaude, furieuse et effrayée, frappait à
grands coups de bâton sur Médor, qui paraissait ne pas s'en apercevoir; à la fin, sai-
sissant un pavé, elle le jette à Médor, qu'il
atteint dans les pattes de derrière. Médor
tombe en criant, et Thomas est renversé de
sa chute, l'âne s'en ébranle, Mathieu même
s'en étonne; Gervais, qui n'a pu arriver que
pour adresser un mot de reproche à la
Mauricaude occupée à relever son fils, court
après Mdéor, qui s'enfuit toujours criant et
sur trois pattes; il le rattrape; Médor a une
des pattes de derrière cassée. Soumis,
comme un animal souffrant, à l'ami qui
veut le soulager, Médor se couche près de
lui et lui laisse examiner sa patte

Heureusement Gervais a les moyens de
réparer le mal.

Naturellement bon, c'est à la partie de
son art qui traite de la cure des animaux
que Gervais s'est appliqué avec le plus d'intérêt. Il a déjà opéré d'une manière heu-
reuse dans un cas à peu près semblable.

Mathieu, toujours porté, quand il agit librement, à partager les sentiments de son fils, et enchanté d'ailleurs de rentrer pour un moment dans les occupations de son ancien métier, sert volontiers de second à son élève, devenu plus habile que lui. Les outils de Gervais, trésors qu'il avait soigneusement conservés, quelques médicaments qu'il avait augmentés ou renouvelés toutes les fois qu'il en avait eu l'occasion, se trouvèrent suffisants pour la circonstance. Par les soins réunis des deux opérateurs, auxquels on verra peut-être pourquoi la Mauricaude consentit aussi à prêter son ministère, la patte fut bien remise. Une partie du dernier mouchoir, dont Gervais, en soupirant, considérait quelquefois les énormes déchirures, servit de bandage pour contenir l'appareil. Médor, conduit en laisse par Gervais, put, sur trois pattes, continuer sa route sans beaucoup de douleur.

Un peu abattu par son accident, il ne poussait plus ses recherches avec la même vigueur; d'ailleurs, pendant l'opération, Thomas, d'après les instructions de sa mère, avait transféré Scaramouche et les mou-

choirs de Madras au fond d'un des paniers
de Martin, où, enfoncés dans la paille, ils
étaient un peu moins exposés au subtil
odorat d'; Médor. Cependant un charme se-
cret l'attirait toujours de ce côté, et coûtait
à Gervais autant d'efforts pour le combattre
qu'il lui causait de surprise. Désirant le
soustraire à cette fantaisie, et déterminé à
se rendre directement à Lyon, comme au
lieu où il était le plus assuré de rencontrer
son oncle, Gervais saisit la première station
dans un cabaret pour se séparer de la troupe
qu'il avait si malencontreusement retrouvée.
Mais il fut consterné de se voir, au bout
d'un instant, suivi de loin par Thomas, qui
paraissait chargé d'épier sa marche, et
bientôt après par le reste de la caravane.
L'esprit très-prompt de la Mauricaude lui
avait fait concevoir sur-le-champ de quel
avantage il pouvait être pour elle de dispo-
ser de Médor, beau chien, bien dressé,
qu'elle pouvait vendre assez cher. Le diffi-
cile était de le soustraire à la vigilance de
Gervais, et l'important de ne pas se séparer
de celui-ci jusqu'à l'accomplissement du
projet médité. Les jours suivants se passè-

rent donc dans une lutte perpétuelle entre
Gervais pour recouvrer sa liberté, et la
Mauricaude pour l'empêcher d'échapper à
son odieuse compagnie. Elle était singuliè-
ment secondée par Médor, dont elle avait
soin d'élever l'instinct en profitant de tous
les instants où elle pouvait s'approcher de
lui et lui faire flairer de loin Scaramouche, le
compagnon de tous ses voyages, celui des
associés de son maître avec lequel il avait
plus familièrement vécu, lorsque dans leurs
moments de loisir Va-bon-train et son fils
s'essayaient à lui chercher des attitudes
nouvelles, à lui faire répéter de nouveaux
rôles. Alors toute la tendresse de Médor se
ranimait, il s'élançait en gémissant sur le
lien destiné à le retenir; mais avant que son
mouvement eût averti Gervais, la Mauricaude avait dit : « Thomas, cache Scaramouche; » et Thomas, attentif à ce signal,
avait mis en sûreté le précieux talisman.
Mathieu, quelquefois témoin de ce manége,
en demandait la raison; on lui faisait un
conte, on lui disait de se taire, et il se tai-
sait. Mais dans les séances que lui procura
ces jours-là, au cabaret, la vente succes-

sive des mouchoirs de Madras, ce fut avec
un attendrissement poussé jusqu'aux larmes qu'il répéta chaque soir : « Pour moi,
je ne me mêle pas de tout ça ; et, ce qu'il y
a de sûr, c'est que je suis un honnête homme. »

Aux contrariétés qui avaient tourmenté
pendant ces journées le pauvre Gervais, se
joignait le chagrin beaucoup plus grand de
n'avoir pu trouver de travail ; en vain il s'é-
tait transporté de droite et de gauche dans
les lieux où on lui avait fait espérer qu'il en
pourrait avoir, partout son espérance avait
été déçue, et en même temps la dépense de
bouche de Médor avait accéléré de beaucoup
la fin de son trésor, et pourtant la maigreur
du pauvre chien commençait à attester la
frugalité de ses repas. Le cœur de Gervais
se serrait en voyant son air abattu, et surtout certains regards de tristesse qui de-
mandaient ce que Gervais ne pouvait donner ; car tout ce que Gervais pouvait donner,
Médor l'avait eu, et à peine son conducteur
avait-il gardé de quoi se soutenir et lui montrer la route.

A force de détours pour chercher inutilement de l'ouvrage et pour éviter l'inévita-

ble Mauricaude, ils avaient atteint le samedi 21 août, et n'étaient encore qu'à onze lieues de Lyon.

Il était six heures du soir, et ni Gervais ni Médor n'avaient mangé depuis la veille ; affaiblis par le jeûne du jour et la diète des jours précédents, ils marchaient avec peine, et cependant ils avaient encore une lieue à faire avant d'arriver au village d'Auberive, où Gervais comptait s'arrêter ; sa dernière ressource était d'y vendre ses souliers, afin d'avoir de quoi arriver à Lyon et au lundi, terme de ses espérances comme de ses moyens. Depuis quelques instants il voyait avec inquiétude Médor plus haletant qu'à l'ordinaire ; la journée avait été accablante ; l'idée que le défaut de nourriture, joint à la chaleur et à la fatigue, exposait Médor à prendre la rage, avait frappé son imagination d'une manière terrible.

Comme il s'était assis pour se reposer un moment, vint à passer un jeune paysan de son âge, mordant avec appétit dans un morceau de pain. Cette vue fit tressaillir les entrailles affamées de Gervais ; Médor se leva l'œil ranimé, et voulut courir vers le

jeune garçon, pour demander une part au
repas. Incapable de résister à la tentation
qu'il éprouvait et surtout à celle de son
compagnon de route, Gervais demande au
jeune homme s'il veut lui acheter ses souliers,
promettant qu'il ne les lui vendra pas cher.

— Combien? demande l'autre à son tour.

— Si vous avez du pain, vous me le don-
nerez, et dix sous avec.

— Je n'ai que six sous, reprend assez
brutalement le jeune rustre ; et puis je n'ai
pas besoin de vos souliers.

— Si vous avez du pain, camarade, reprend Gervais, qui ne pouvait plus renoncer
à l'espérance dont il venait de se flatter, don-
nez-le-moi avec vos six sous, et les souliers
sont à vous.

— Oh ! du pain, ce n'est pas là l'embarras, dit l'autre, et il sortit de son havresac
un morceau de pain d'environ une livre,
trop empressé de conclure un si bon marché pour s'apercevoir qu'il aurait pu le faire
encore meilleur. Trois gros sous terminè-
rent l'affaire, et les deux tiers de la livre de
pain sont d'abord mis dans la portion de
Médor, que Gervais, avec une satisfaction

douloureuse, voit dévorer en un instant ce
morceau auquel il n'a rien à ajouter. Le repas de Médor, en effet, était fini, que Gervais n'était pas à moitié du sien; Médor,
d'un œil ardent, considérait le morceau qu'il
tenait dans sa main, gémissait doucement,
et lui grattait le genou de sa grosse patte,
pour obtenir encore ce faible relief. « Tu as
donc bien faim, mon pauvre Médor? disait
Gervais; eh bien! ce sera encore pour toi.
Il lui donna tout, et le sacrifice fut assez
grand pour qu'il pensât en ce moment ac-
quérir des droits à l'affection de son oncle.
Il se leva ensuite pour se remettre en marche, il espérait pouvoir arriver jusqu'à Auberive; mais, soit le défaut de nourriture,
soit que la chaleur du jour eût contribué à
l'affaiblir, au bout de quelques pas il fut
obligé de s'appuyer contre un arbre, d'où il
se laissa ensuite glisser sur la terre, près
de perdre connaissance. Que ce fût remords
ou curiosité, le jeune paysan qui avait
acheté les souliers tournait de temps en
temps la tête de son côté. Il le vit tomber,
et revint vers lui ; mais il n'avait aucun secours à lui donner, il lui parla; Gervais ré-

pondit à peine. Médor regardait son ami
d'un œil d'inquiétude, et le jeune paysan,
que d'autres maux peut-être auraient trouvé
peu sensible, ému du spectacle d'une mi-
sère qu'il savait comprendre, éprouvait du
moins quelque soulagement à penser que
Gervais n'en était pas plus malade pour
avoir vendu ses souliers le quart de ce
qu'ils valaient.

La Providence amenait en ce moment sur
la route un autre voyageur marchant d'un
pas vigoureux, son habit proprement plié
dans un mouchoir suspendu au bout du bâton qu'il portait sur son épaule. C'était maître
Blanchet. Il s'approche et ne reconnaît pas
d'abord Gervais.

— Ce garçon-là tombe de besoin, dit-il au
jeune paysan.

— Je le crois bien, reprit l'autre; il n'a-
vait qu'un morceau de pain, il l'a donné
presque tout entier à son chien.

Pendant ce temps-là, Blanchet avait tiré
de son paquet un petit flacon d'eau-de-vie
dont il avait toujours soin de se munir en
voyage, et en faisait avaler quelques gout-
tes à Gervais, qu'un morceau de pain et une

tranche de saucisson achevèrent de ranimer.
« Un peu de patience, disait Gervais à Médor, qui voulait encore partager ce repas.
Pauvre Médor, ajouta-t-il en le caressant,
nous voilà à la fin de nos peines ; car il
avait reconnu maitre Blanchet, et n'osait
encore en exprimer sa joie qu'à Médor. A ce
nom de Médor qui le frappe, à la voix de
Gervais qui commençait à reprendre son ton
naturel, Blanchet le reconnait, s'étonne,
s'enquiert, et le jeune paysan, qui a cru
voir un regard de Gervais se porter sur les
souliers que peut-être en ce moment il re-
grette d'avoir si facilement cédés, rougit et
s'en va, persuadé que sa présence n'est plus
nécessaire à personne, et lui pourrait être
désavantageuse à lui-même.

Le récit de Gervais fut simple ; il n'avait
que la vérité à dire. Le seul embarras était
d'expliquer la nature de ses relations avec
Va-bon-train. Voyant que celui-ci ne l'avait
pas encore reconnu pour son neveu, il sentait que, dans leur position respective, ce
n'était pas à lui rompre d'abord le silence :
ainsi, lorsque Blanchet lui demanda comment il était connu de son ami : « Il vous le

dira bien, reprit Gervais ; ce n'est pas à moi
à vous conter ses affaires. » Blanchet le retourna de tous côtés sans en pouvoir tirer
autre chose ; mais les réponses de Gervais
lui prouvèrent tant d'honnêteté, de bon
sens et de réserve, qu'il le prit tout-à-fait
en affection, d'autant plus qu'ayant examiné
la patte de Médor, alors en train de guérison, il la trouva parfaitement remise, et ne
put douter des talents de Gervais dans différentes parties de son art. Aussi le con-
duisit-il avec lui à Auberive, où il comptait coucher, pour arriver sans se fatiguer le
surlendemain à Lyon. Une copieuse soupe
à l'oignon et une bonne omelette, comman-
dées pour le souper des voyageurs, procu-
rèrent à Gervais le meilleur repas qui eût
approché de ses lèvres depuis bien longtemps. Médor put aussi se refaire de sa di-
sette des jours précédents ; et pour comble
de bonheur, Gervais retrouva dans l'auberge même où ils s'arrêtèrent le jeune paysan qui lui avait acheté ses souliers. Maître
Blanchet commença à parler si haut de l'in-
dignité d'un pareil marché fait en pareille
circonstance, et fut tellement approuvé des

auditeurs, que, soit peur, soit honte, soit
conscience, le jeune homme consentit à
rendre les souliers pour le prix qu'il en
avait donné, et même se piqua d'honneur au
point de refuser le prix de la livre de pain,
ce qui lui valut un bon coup de vin et une
tranche de saucisson de maître Blanchet.
Ainsi tout rentra dans l'ordre, et Gervais,
une seconde fois, se crut arrivé au but de
toutes ses espérances ; mais il lui restait
encore à traverser un jour et une épreuve.
La très-petite chambre où couchèrent Gervais et maître Blanchet ne pouvait, de quelque sens qu'on s'y prît, contenir un troisième hôte du volume de Médor. Il fut donc
logé à l'écurie ; et dans sa confiance au
nouveau bonheur dont il venait de recevoir
les premières arrhes, Gervais s'endormit
sans inquiétude sur son protégé, d'autant
que, n'ayant pas aperçu depuis le matin
l'odieuse Mauricaude, il s'en croyait enfin
délivré. Cependant le lendemain matin Médor avait encore disparu. On n'a jamais pu
savoir, car il ne l'a pas dit, si c'était l'effet
d'un nouveau tour d'adresse de la Mauricaude, ou de l'instinct qui poussait Médor à

la poursuite de Scaramouche, ou le désir de retourner vers son maître; toujours est-il certain que cette imprudence le fit tomber dans le piége qu'on lui tendait depuis si longtemps, et que les premiers renseignements acquis par Gervais lui apprirent avec certitude que c'était seulement en suivant les traces de la Mauricaude qu'il pouvait espérer de retrouver celles de Médor. Une double affection lui donnait le besoin d'y réussir. Il demanda à maître Blanchet, auquel il se regardait déjà comme soumis, la permission d'aller à la recherche du fugitif; et Blanchet lui donna rendez-vous pour le soir à Saint-Symphorien, village à quatre lieues de Lyon, où il marqua sa couchée.

Une partie de la journée se passa, pour Gervais, en recherches infructueuses dans les environs. Enfin, quelques indices le conduisirent à la ville de Vienne; là, il les perdit; mais, sur la description qu'il donna du cortége de la Mauricaude, on lui dit qu'elle devait probablement s'être rendue à Saint-Symphorien, dont la fête tombait ce jour-là. Il se hâta de s'y rendre, et y arriva à sept heures du soir. Le premier objet qui

frappa sa vue, à l'entrée du village, fut la
Mauricaude, en conversation avec un homme auquel elle paraissait prête à livrer Médor. Celui-ci, soumis tristement à sa nouvelle condition, semblait abattu par les
vicissitudes de sa destinée. A la vue de
Gervais, cependant, il se ranima et fit un
mouvement pour s'élancer vers lui.

—C'est mon chien, s'écria Gervais, ne
songeant en ce moment qu'à ses droits sur
Médor; et Médor, par l'expression de sa
joie, semblait prendre soin de confirmer ses
paroles.

— Tu en as menti, damné voleur, répond
la Mauricaude avec son aménité ordinaire.
Médor ! ajoute-t-elle; et à cette interpella-
tion, Médor tourne la tête de manière à
prouver qu'il reconnaît son nom et la voix
qui le prononce. Tu vois bien qu'il me reconnaît, reprend la Mauricaude avec une
kyrielle d'injures qu'on se dispensera de
rapporter.

—Pas moins, ce n'est pas votre chien,
dit Gervais.

— Ce n'est pas le tien non plus, menteur,

etc., etc. La dispute s'était engagée sur un ton si véhément, qu'il devenait impossible à Gervais d'exposer la vérité. Un troisième intérêt, celui de l'acheteur, déjà compromis au moins par de fortes arrhes, venait de s'y introduire pour compliquer l'affaire, lorsqu'un éclat de voix terrible annonça l'arrivée de Va-bou-train, qui débarquait à Saint-Symphorien, et s'étant informé du sujet de la querelle, venait trancher toutes les difficultés. Il se faisait jour à travers la foule, et avait déjà la main gauche sur Médor, tandis que de l'autre, son fouet levé menaçait Gervais, qui, reculant avec indignation, bien qu'avec respect, tâchait de n'être pas réduit à se défendre autrement que par ses paroles. Cependant, sans les transports de joie de Médor, qui embarrassait un peu la marche de son maître, Va-bou-train serait déjà sur lui, et Gervais subirait la cruelle alternative, ou de manquer à son oncle, ou de supporter un traitement ignominieux, dont il ne peut endurer l'idée.

— C'est un voleur, s'écrie alors la perfide Mauricaude, voyant jour à détourner sur un

autre l'accusation qu'elle mérite. Il a dit que
le chien était à lui ! Et plusieurs voix, s'élevant à la fois, répètent :

— Il l'a dit !

— On t'a vu partout sur la route, reprend
Va-bon-train, le traînant après toi, malgré
sa résistance; et une voix répète:

— Je l'ai vu.

En vain Gervais essaie de se faire entendre, la rumeur publique se tourne contre
lui; assailli d'une foule de sentiments péni-
bles, bouleversé surtout du traitement qu'il
reçoit de celui dont il a tant mérité la recon-
naissance, Gervais sent son courage défail-
lir, il ne peut retenir ses larmes, et ses larmes semblent encore prouver contre lui.
On s'est jeté entre son oncle et lui ; mais
lui-même ne songe plus à sa sûreté; et tandis que les efforts de Va-bon-train redou-
blent pour s'approcher de lui malgré la foule
qui l'en empêche, ceux de Gervais s'épui-
sent à demander, en suppliant, justice pour
son innocence.

Michel, que son père a repoussé loin de
lui, incapable de se former une idée sur le
compte de son ami, mais éperdu à la vue

du malheur qui l'accable et du danger qui
le menace, semble demander à tout ce qui
l'entoure de s'interposer pour une pacifica-
tion que chaque instant semble rendre impossible.

Cependant le ciel, qui voulait encore se-
courir Gervais, fait arriver maître Blanchet.
Attiré par le bruit, il venait de sortir de la
maison d'un de ses amis avec lequel il sou-
pait.

Michel le voit, court à lui.

Le nom de Médor, mêlé dans le discours
que le trouble de Michel l'empêche de rendre bien clair, fait soupçonner à Blanchet
que son ami Gervais pourrait avoir part à
l'affaire ; il double le pas et arrive au moment
où, par un redoublement d'efforts et de colère, Va-bon-train se faisait une route au
milieu de la foule pour s'élancer sur Gervais. Blanchet le saisit au travers du corps,
et le repousse en arrière en disant : « At-
tends donc, on est toujours à temps de se
fâcher, mais pas toujours de s'expliquer. »

Moins disposé que jamais à profiter de ce
bon conseil, Va-bon-train allait probablement tourner sa colère contre celui de qui il

le recevait, lorsqu'un nouvel incident s'éleva, pour changer de nouveau la face des choses. Mathieu s'était rapproché du lieu de la scène ; Martin et Jacquot, sous sa conduite, faisaient nombre parmi les spectateurs. Jacquot sans pareil n'était pas demeuré sourd à certains mots qui, depuis plusieurs jours, avaient frappé son oreille attentive. Enhardi peut-être par le bruit, il commence à essayer d'un ton encore mal assuré, et comme une leçon qu'il n'est pas bien certain de savoir : « Thomas, cache Scaramouche ! »

—Scaramouche ! répète Michel qui l'a entendu. Alors Jacquot reprend, plus sûr de son fait, et toujours élevant la voix à mesure que le bruit qui se fait autour de lui l'excite davantage, la fait parvenir enfin jusqu'aux oreilles de Va-bon-train, qui se retourne, tandis que Médor, profitant d'un premier moment de liberté, s'élance sur Martin, et cette fois fouillant sans obstacle au fond du panier, en retire l'infortuné Scaramouche, qui, tout estropié, tout démanché qu'il est, conserve encore assez de vie pour que son attitude exprime sa détresse.

Médor vient triomphant le déposer entre les mains de son maître ; celui-ci, dans sa surprise et sa joie, ne sait auquel de ses deux amis prodiguer ses premières caresses, mais Médor n'a pas fini sa tâche ; et retournant au panier, malgré les cris et les efforts de la Mauricaude accourue au secours de son butin, il en retire le dernier madras qu'elle avait conservé pour son usage.

— Coquine de Crapaude, s'écrie alors Va-bon-train ; c'est donc toi qui m'as volé ! Et aussitôt se tournant vers Gervais, que la présence de Blanchet avait encouragé à se rapprocher : Pourquoi étais-tu avec elle ? lui demande-t-il d'un ton qui laissait entrevoir le désir de le trouver moins coupable.

— Je n'y étais pas ! s'écrie alors Gervais.

— Ils n'étaient pas ensemble, répètent les voix qui avaient d'abord rendu témoignage contre lui.

— Et pourquoi emmenais-tu mon chien ? demanda encore Va-bon-train.

— Pour vous le rendre, et l'empêcher de la suivre.

Alors les accusations commencent à se tourner contre la Mauricaude. L'un la re-

connaît pour lui avoir donné la veille une
pièce de dix sous fausse ; un autre a vu
Thomas rôder autour de son logis, et une
heure après il s'est aperçu qu'il lui manquait
une poule. La Mauricaude se met d'abord à
crier, puis à pleurer, à mesure qu'elle voit
l'orage grossir et s'amasser sur sa tête.
Pendant ce temps, Gervais s'est rangé auprès de son père, qui, déjà plus d'à moitié
ivre, et à peine capable de comprendre ce
qu'il entend, se contente, sans prendre
parti, d'affirmer que, pour lui, il est un
honnête homme.

— Imbécile, range-toi ! lui dit son frère,
en le mettant derrière lui ; puis il s'avance
vers la Mauricaude qui, toujours en pleurant et criant, s'occupe à faire retraite au
milieu des huées qui la poursuivent. Il se
contente de lui faire claquer son fouet aux
oreilles pour hâter sa course.

La foule dont elle est accompagnée dimi-
nue à mesure qu'elle s'éloigne ; bientôt on
n'entend plus qu'à peine les clameurs des
petits garçons, qui seuls ont persisté à lui
faire cortége. Les derniers sont enfin écar-
tés par elle à coups de pierres, et ils ont dit

4

ensuite l'avoir vue, ainsi que Thomas, se joindre à une bande de Bohémiens prête à partir. On n'en a plus entendu parler depuis.

Le calme s'était rétabli à Saint-Symphorien, et Va-bon-train avait reçu de Blanchet les explications nécessaires pour constater la bonne conduite de son neveu.

— Mais d'où le connais-tu donc? continua Blanchet. Il n'a jamais voulu me le dire.

— Comment! Gervais, dit Va-bon-train en se tournant vers lui, tu ne veux pas me reconnaître pour ton oncle?

Michel, transporté, sauta encore une fois au cou de son ami, et Va-bon-train reçut ensuite les témoignages de la reconnaissante affection de son neveu.

— Ah ça! qu'est-ce que nous ferons de Mathieu, dit Va-bon-train, à présent qu'il n'a plus sa Crapaude?

— Il ne peut pas vivre seul, dit Gervais en baissant les yeux.

— Eh bien! qu'il vienne avec moi, dit Va-bon-train, Martin sera toujours bien assez savant pour porter une partie de mes baga-

ges, qui deviennent trop lourds pour Médor.
J'apprendrai de jolies choses à Jacquot, et
nous ferons encore nos petites affaires.

Aucun des mouvements de reconnais-
sance qu'avait éprouvés Gervais envers son
oncle n'avait égalé ce qu'il sentit en ce moment. On alla chercher Mathieu au cabaret,
où il continuait à boire pour retarder le moment de payer. La difficulté fut levée par
son frère, qui, dès ce moment, se regardait
comme chargé de lui. On lui proposa l'ar-
rangement, qu'il accepta tout comme il l'aurait accepté à jeun, seulement en répétant
un peu plus souvent, et d'un ton un peu
plus touché : « Tu sais bien, toi, Vincent, que, pour moi, je suis un honnête
homme. »

On soupa gaîment, Médor à côté de la ta-
ble, la tête sur le genou de son maître, qu'il
ne quittait que pour faire une petite caresse
à Michel, et se tourner en remuant la queue
vers Gervais. Le lendemain, avant de partir
pour Lyon, Gervais reçut de la générosité
de son oncle la paire de bas, la chemise et
les deux mouchoirs nécessaires pour com-
pléter son trousseau, et eut la satisfaction

d'arriver avec lui dans l'atelier de maître Blanchet, non comme un pauvre garçon reçu à peu près par charité, mais comme un bon ouvrier soutenu et recommandé par d'honnêtes parents.

Il a justifié leurs espérances et les siennes. Mathieu, qui n'a besoin que d'être conduit, se contente maintenant d'être toujours un peu gai après le premier repas, et un peu endormi après le dernier. Il compte reposer sa vieillesse chez son fils ; et Va-bon-train, qui veut se reposer aussi sans être vieux, achète un petit bien, et met Michel en possession des marionnettes et du fidèle Médor. Mathieu y ajoute généreusement le don de l'âne et de Jacquot, et pour le jour des noces de Gervais a annoncé *spectacle au bénéfice de l'amitié, où l'on verra la merveilleuse dispute de Jacquot sans pareil avec l'incomparable Scaramouche.*

LE DOUBLE SERMENT.

~~~❦~~~

Henri, jeune homme de quinze ans, avait de bonnes intentions et n'y conformait pas toujours sa conduite ; il aimait son père et son précepteur, mais il aimait encore plus ses plaisirs ; il eût tout fait pour leur procurer de la joie, mais il ne leur donnait pas la plus douce de toutes, celle de le voir docile et vertueux. La violence de son caractère arrachait souvent à ceux qu'il chérissait des larmes amères qui finissaient par lui en faire répandre à lui-même. Sa vie se partageait ainsi entre les fautes et le repentir ; et l'inutilité de ses bons projets, toujours détruits par des actions répréhensibles, avait ôté à ses parents l'espoir de le voir s'amender.

Le comte de....., son père, ne cessait de songer, avec une inquiétude toujours croissante, au moment où Henri le quitterait pour aller à l'Université ou pour voyager.

Les sentiers du vice devaient se présenter à
lui alors sous l'aspect le plus séduisant; la
voix et la main d'un père ne seraient plus là
pour le rappeler ou le retenir; il pouvait
tomber de faute en faute, et revenir dans la
maison paternelle avec une âme gangrenée,
dépouillée de sa pureté, de son élévation,
incapable même de ce sentiment qui est le
reflet de la vertu, du repentir.

Le comte était d'un caractère doux, mais
faible, et d'une santé languissante; la mort
de la comtesse, sa femme, avait miné sous
lui le sol sur lequel reposaient ses pas.

Henri, quelques jours avant celui où il
devait partir pour l'Université, se rendit
coupable d'une faute qui perça d'un trait
cruel le cœur si souvent blessé de son mal-
heureux père. Le comte tomba malade et se
mit au lit, sans se flatter de l'espoir qu'il
n'échangerait pas cette triste couche contre
le lit de pierre qui l'attendait dans le parc,
avant d'avoir vu le retour de son fils à la
vertu.

Je ne vous peindrai donc ni la faute, ni le
chagrin de Henri; mais en portant sur ses
torts un jugement sévère, comprenez-y

tous ceux dont vous pouvez vous être vous-mêmes rendus coupables.

Henri, lorsqu'on eut perdu tout espoir de guérison, ne put soutenir l'aspect triste et abattu de son père; il se tenait dans la chambre voisine : là, tandis que la vie du comte luttait contre des défaillances continuelles, il adressait au ciel des prières muettes, fermait les yeux sur l'avenir, et redoutait comme une bombe foudroyante ces premiers mots : *Il est mort !* Le jour vint cependant où il fallut se présenter devant son père, prendre congé de lui, recevoir son pardon, et faire entre ses mains le serment de devenir meilleur.

Seul à côté de la chambre du malade, qui sortait d'un long et douloureux engourdissement, il écoutait et n'entendait que la voix de son vieux précepteur, qui avait été aussi celui de son père, et qui, voyant s'approcher pour celui-ci les ténèbres de la mort, lui donnait sa bénédiction en disant :

« Endors-toi doucement, âme vertueuse! que toutes les bonnes actions, toutes les promesses que tu as tenues, toutes tes pieuses pensées, se rassemblent autour de

toi au terme de la vie, comme les beaux
nuages du soir accompagnent dans sa retraite le soleil couchant! Souris encore si tu
peux m'entendre, et si ton cœur éteint pos-
sède encore la force de sentir. »

Le malade fit un effort pour s'arracher au
lourd sommeil de l'évanouissement ; mais il
ne sourit pas, car, dans le trouble de ses
sens, il avait pris la voix de son précepteur
pour celle de son fils.

« Henri, dit-il en balbutiant, je ne te vois
pas, mais je t'entends. Pose ta main sur
mon cœur, et jure-moi que tu deviendras
bon. »

Henri se précipite pour le jurer, mais le
précepteur avait déjà posé sa main sur le
cœur palpitant du père ; il lui fait signe et
lui dit à voix basse : « Je jure pour vous. »
Le cœur du comte battait encore de ce
mouvement lent et affaibli d'une vie près de
finir : il n'entendit ni le serment, ni les amis
qui l'entouraient.

Henri, succombant à cette scène déchi-
rante, tremblant de celle qui allait la suivre, voulait fuir du château et n'y revenir
que lorsque les heures les plus cruelles de

son désespoir seraient passées ; mais il sentit que son amendement ne devait pas commencer par une fuite secrète. Il dit à son précepteur qu'il ne pouvait supporter plus longtemps cet affreux spectacle, qu'il reviendrait dans huit jours ; et alors, ajouta-t-il d'une voix étouffée, je retrouverai encore ici un père. Il l'embrassa, lui dit où il allait s'ensevelir, et sortit

Il traversa le parc en sanglotant et à pas incertains. Il aperçut les deux sépulcres blancs qui paraissaient à travers les branches des arbres, et s'en approcha. Il n'eut jamais le courage de toucher ta tombe encore vide où devait reposer son père ; il s'appuya contre celle qui couvrait un cœur dont au moins il n'avait pas causé la mort, celui de sa mère, qu'il avait perdue depuis plusieurs années. Là, devant sa mère et devant Dieu, il renouvela le serment de revenir au bien.

Chaque pas lui rappelait ses fautes : un enfant conduit par son père, une fosse, une feuille jaunie, le son d'une cloche en réveillaient le souvenir.

Il arriva où il voulait rester ; mais après

quatre jours de remords, de larmes et de désespoir, il sentit qu'il fallait retourner au château, et prouver ses regrets pour son père en imitant ses vertus.

Henri reprit le chemin de la maison paternelle; c'était le soir qu'il traversait le parc : la pyramide sombre qui surmontait le sépulcre de son père paraissait à travers les rameaux, comme ces nuages grisâtres qui nagent dans l'azur du ciel, sur les ruines noircies d'un village incendié. Henri s'arrêta; il appuya sur la pierre froide sa tête inondée de larmes; aucune douce voix ne lui dit : « Sois consolé. » Aucun père n'était là pour s'attendrir et lui répéter : « Je t'ai pardonné. » Le murmure des feuilles lui semblait un murmure de colère, et l'obscurité du soir le glaçait de terreur, comme d'épouvantables ténèbres. Cependant il reprit courage, et renouvela en ces mots le serment qu'avait prononcé pour lui son précepteur :

« O mon père! mon père! entends-tu ton pauvre enfant qui pleure sur ta tombe? Vois, je suis ici à genoux; je t'implore, je te jure que j'accomplirai le vœu que mon pré-

cepteur a prononcé sur ton cœur expirant.
O mon père! mon père! (la douleur étouf-
fait sa voix) ne donneras-tu à ton enfant
aucune marque de ton pardon?»

Il se fit autour de lui un frémissement;
une figure qui s'avançait avec lenteur écarta
les branches et dit :

« Je t'ai pardonné. » C'était son père.
Celle qui tient le milieu entre le sommeil et
la mort, la sœur et l'ombre du trépas, la dé-
faillance, l'avait rendu à la vie en le plon-
geant dans un assoupissement salutaire.
C'était la première fois qu'il sortait, accompagné de son précepteur, pour venir rendre
grâces sur son tombeau. Bon père, si tu
avais passé réellement dans un autre monde, ton cœur n'aurait donc pu battre de
joie, tes yeux n'auraient pu verser de dou-
ces larmes sur le retour d'un fils repentant
qui venait mettre à tes pieds un homme
nouveau.

Je ne puis tirer le rideau sur cette scène
attendrissante, sans adresser à mes jeunes
lecteurs une seule question. Etes-vous encore assez heureux pour posséder un père
et une mère, à qui vous puissiez donner

des joies inexprimables par votre amour et vos vertus? Ah! si l'un de vous avait négligé jusqu'ici de les leur procurer, je remplis auprès de lui l'office d'une conscience qui ne saurait manquer de se réveiller, et je lui dis qu'un jour viendra où rien ne pourra le consoler, où il se dira : « Ils m'ont aimé par-dessus tout, et je les ai vus mourir sans leur avoir donné le bonheur de se dire : Il est vertueux. »

FIN.

Limoges. — Imp. E. Ardant et Cᵉ.